Engranajes

—

Ryunosuke Akutagawa

Colección Hilados - 6
Primera edición, noviembre 2024

Engranajes, Ryunosuke Akutagawa

C/ Domingo Juliana, 16, 33213, Gijón, España
www.satoriediciones.com

Traducción: Yumika Matsumoto y Jordi Tordera
Cubierta y maquetación: Marco Recuero
Impresión: Gráficas Eujoa

ISBN: 978-84-19035-92-9
Depósito legal: AS 02097-2024

Impreso en España – Printed in Spain

1. El impermeable

Con la intención de asistir a la boda de un conocido, y solo con una cartera en la mano, tomé un taxi para que me llevara desde la residencia de verano hasta la estación de la línea Tokaido. Ambos lados de la carretera estaban frondosamente poblados de pinos. Era bastante improbable que llegara a tiempo para tomar el tren. Aparte de mí, también en el mismo vehículo, iba el dueño de la barbería. Era un señor regordete y redondo como una cajita de té verde, y lucía una perilla corta. Yo, preocupado por la hora, conversaba con él de vez en cuando.

—Pasan cosas extrañas, ¿verdad? Dicen que en la casa de fulanito se aparece un fantasma incluso a mediodía.

—¿Sí? ¿Incluso a plena luz del día?

Mientras contemplaba el monte tapizado de pinos iluminado por el sol de la tarde, le seguía la charla sin prestar demasiada atención.

—Sin embargo, parece que los días de buen tiempo no se aparece. Dicen que cuando más se lo ve es en los días de lluvia.

—Pues a lo mejor es que le gusta mojarse cuando llueve.

—Será una broma..., pero dicen que ese fantasma lleva impermeable.

El automóvil se detuvo justo delante de la estación mientras hacía sonar la bocina. Me despedí del barbero y entré en el edificio. Como suponía, el tren había salido pocos minutos antes. En el banco de la sala de espera, un hombre con un impermeable miraba ensimismado al exterior. Enseguida me vino a la cabeza la historia del fantasma que acababa de escuchar. No pude evitar que mis labios se contrajeran en una leve sonrisa y decidí entrar en la cafetería de enfrente de la estación para esperar el próximo tren.

La cafetería apenas merecía ese nombre. Me senté en la mesa del rincón y pedí una taza de chocolate. El mantel de hule que cubría el grueso enrejado de la mesa tenía finas líneas azules sobre un fondo blanco. Sus bordes estaban sucios. Mientras me bebía el chocolate, que apestaba a barniz, paseaba la mirada por el interior de la cafetería desierta. De las viejas y polvorientas paredes colgaban varias tiras de papel en las que se anunciaban platos como «arroz con pollo y huevo revuelto» o «chuletas de cerdo».

«Tortilla de huevos de la zona».

Esa tira de papel me recordó el campo por el que discurría la línea Tokaido: el ferrocarril se deslizaba entre sembrados de trigo y repollo...

Cuando subí al tren, ya estaba casi anocheciendo. Siempre viajaba en segunda clase. No obstante, esa vez, por conveniencia, decidí viajar en tercera.

El vagón estaba abarrotado. Y, para colmo, tanto delante como detrás de mí, solamente había alumnas de primaria que, al parecer, habían ido de excursión a Oiso o a algún sitio por el estilo. Mientras encendía un cigarrillo, contemplaba el tropel de colegialas. Todas estaban llenas de vida y no paraban de parlotear.

—Señor fotógrafo, ¿qué significa *love scene*?

Tal y como imaginé, el «señor fotógrafo», que parecía acompañarlas en la excursión, respondía con evasivas. Aun así, una estudiante de unos catorce o quince años insistía en preguntar. De pronto me percaté de que la niña padecía sinusitis y no pude evitar sonreír. A mi lado, una estudiante de unos doce o trece años estaba sentada sobre las rodillas de una joven profesora y rodeaba el cuello de esta con un brazo mientras con la mano del otro le acariciaba la mejilla. Aunque hablaba con otras compañeras, a veces interrumpía la conversación y se dirigía así a la profesora:

—¡Qué guapa es usted, señorita! ¡Y qué ojos tan bonitos tiene!

Más que niñas, sentí que ya eran mujeres. Es decir, si no tenemos en cuenta que mordisqueaban la piel de las manzanas o desenvolvían caramelos… Sin embargo, una de ellas, que parecía mayor, cuando pasaba por mi lado, se dio cuenta de que le había pisado el pie a alguien y exclamó:

—Discúlpeme.

Aunque era más precoz que las demás, me pareció que tenía más aire de colegiala que las otras. Con el cigarrillo en los labios, no pude evitar reírme burlonamente de mí mismo al caer en esta contradicción.

El tren, cuyas luces se habían encendido en algún momento, por fin llegó a una estación de las afueras de la ciudad. En el andén en el que me apeé soplaba un viento frío. Después de cruzar el puente, decidí esperar la llegada del ferrocarril nacional. Entonces, por casualidad, me encontré con T., un joven empresario. Mientras esperábamos el tren, nos pusimos a hablar, entre otras cosas, de la depresión económica. El joven T., por supuesto, conocía mejor el problema que yo o que cualquier otro profano en la materia. Pero en el dedo de este joven fornido brillaba un anillo con una turquesa que parecía discrepar por completo de la crisis económica.

—¡Menuda piedra llevas en el dedo!

—¿Esto? Se lo tuve que comprar a un amigo que se había ido de viaje de negocios a Harbin. Ahora está en apuros y ya ha dejado de comerciar con la cooperativa.

Por suerte, el ferrocarril nacional al que subimos no iba tan lleno como el tren anterior. Nos sentamos juntos y hablamos de varios temas. Esa misma primavera, T. acababa de volver de París, su anterior destino laboral. Por lo que, inevitablemente, en nuestra conversación tuvo que salir la capital francesa. Y otros temas, como el de madame Caillaux[1], el de las viandas de cangrejo, el de cierto príncipe de viaje por el extranjero...

—En Francia, sorprendentemente, la situación no está tan mal. En realidad, es una nación donde la gente no es muy dada a pagar impuestos y siempre acaba pagando el pato alguien del Consejo de Ministros, ¿verdad?...

—Es que como dicen que el franco ha caído en picado.

—Sí, eso es lo que dicen los periódicos, ¿no? Pero intenta verlo desde su punto de vista. Para ellos, las noticias que llegan desde Japón hablan constantemente de grandes terremotos e inundaciones.

En ese momento, el hombre con el impermeable se acercó y se sentó frente a nosotros. Esto me inquietó un poco y sentí el impulso de contarle a T. la historia del fantasma que había escuchado antes. Pero el joven T. inclinó el mango del bastón hacia la izquierda y, sin mover la cabeza, me susurró:

1 Henriette Caillaux (1874-1943), esposa de un político francés calumniado por sus enemigos, a uno de los cuales asesinó ella misma.

—¿Ves a la mujer que está ahí? La del chal de lana gris oscuro...

—¿La del cabello recogido a la manera occidental?

—Sí, la mujer que sostiene un hatillo envuelto en un *furoshiki*[2]. Estuvo en Karuizawa este verano. Llevaba una vestimenta occidental bastante refinada.

No obstante, era a todas luces evidente que ahora iba pobremente vestida. Mientras conversaba con T., la miré furtivamente. Entre sus cejas flotaba una línea de demencia. Además, del paquete envuelto asomaba una esponja parecida a un leopardo.

—¡Y pensar que en Karuizawa bailaba con un americano! Qué moderna..., ¿verdad? ¿Qué tipo de persona será?

Cuando me despedí de T., el hombre con el impermeable se había esfumado. Todavía con la cartera en la mano, me fui andando desde la estación del ferrocarril nacional hasta un hotel. A ambos lados de la calle había edificios enormes. Mientras caminaba entre ellos, de repente me volví a acordar de los pinos. Entonces, descubrí algo extraño en mi campo visual. ¿Algo extraño?... Sí, unos engranajes semitransparentes que giraban incesantemente. Ya había tenido antes experiencias similares. El número de los engranajes va aumentando de manera gradual y acaba bloqueando la mitad de mi campo de visión, aunque no por mucho tiempo. Al cabo de un rato, la visión desaparece

2 Pañuelo japonés específico para envolver.

y, entonces, llega el dolor de cabeza... Era siempre igual. Por culpa de esta ilusión óptica (?)[3] había consultado a un oculista que insistía en que redujera el consumo de tabaco. Pero yo ya había tenido visiones parecidas antes de los veinte años, cuando aún no fumaba. Temiendo que todo volviera a empezar de nuevo, me tapé el ojo derecho con una mano para comprobar la visión de mi ojo izquierdo. Tal y como me imaginaba, a mi ojo izquierdo no le sucedía nada. Sin embargo, en la parte trasera del párpado del ojo derecho giraban incontables engranajes. A medida que comprobaba cómo los edificios del lado derecho iban desapareciendo gradualmente, continuaba andando por la calle sin descanso.

Cuando entré por la puerta del hotel, los engranajes ya habían desaparecido, pero el dolor de cabeza continuaba. Dejé el abrigo y el sombrero en la consigna y tomé una habitación. Acto seguido llamé por teléfono a la editorial de una revista para consultar un tema financiero.

Parecía que el banquete de la boda había comenzado hacía tiempo. Me senté en el extremo de una mesa y empecé a comer provisto de cuchillo y tenedor. Empezando por el novio y la novia, que estaban enfrente, y los más de cincuenta comensales sentados en una mesa blanca en forma de U; todos ellos, por supuesto, estaban muy alegres y festivos. Sin embargo, yo no hacía más que

3 Así en el original.

hundirme en la melancolía bajo aquella luz brillante. Para escapar de ese estado de ánimo, me puse a charlar con uno de los invitados. Era un anciano con bigotes blancos como los de un león. Además, resultó ser un famoso erudito en clásicos chinos al que yo conocía de nombre. Por lo tanto, acabamos hablando de los clásicos.

—Así que el *kirin*[4] es el unicornio. Y el fénix, un tipo de ave...

Parecía que este famoso sinólogo tenía cierto interés en mi conversación. Yo hablaba mecánicamente, pero entonces creció en mí un enfermizo deseo destructor que me llevó a afirmar que Yao y Shun eran personajes ficticios y que el autor del *Shunkyu*[5] había vivido en la época de los Han, mucho más tarde de lo que se creía. Entonces el erudito no pudo reprimir su disgusto y, sin mirarme a la cara, casi con un gemido de tigre, puso fin a la conversación con estas palabras:

—En el hipotético caso de que ni Yao ni Shun hubieran existido, Confucio sería un mentiroso. Y no es posible que un sabio mienta.

Me quedé callado. Luego, al disponerme de nuevo a hendir el cuchillo y el tenedor en la carne que estaba sobre el plato, descubrí que había un pequeño gusano

4 *Kirin*, *kylin* o *quilin* es un ungulado cornudo híbrido de la mitología china, coreana y japonesa. A veces simplificado como unicornio chino, se dice que es una representación estilizada de la jirafa. De hecho, hoy en día, el término japonés kirin ha adoptado el significado de jirafa.

5 Yao y Shun son dos sabios de la mitología china que representan el soberano ideal. *Shunkyu* o «Primaveras y otoños» es una obra histórica china que cubre los siglos VIII-V a. C.

serpenteando en el filete. El gusano me trajo a la memoria la palabra inglesa *worm*. Seguro que también, al igual que *kirin* o fénix, era una palabra que aludía a un animal legendario. Dejé el cuchillo y el tenedor y, cuando me di cuenta, me encontré contemplando cómo me rellenaban la copa de champán.

Acabada la cena, recorrí los pasillos solitarios con la intención de encerrarme en la habitación que había reservado antes. Más que el hotel en sí, los pasillos me daban una sensación de cárcel. Sin embargo, por suerte, cuando me di cuenta, el dolor de cabeza ya casi había desaparecido.

Me habían llevado a la habitación tanto la cartera como el sombrero y el abrigo. El abrigo colgaba de la pared. Se parecía mucho a mí, allí de pie, así que lo agarré con rapidez y lo lancé al interior del armario ropero del rincón. Después me acerqué al tocador y observé inmóvil mi rostro en el espejo. Los huesos se me marcaban bajo la piel. De inmediato me acordé del gusano de la cena. Lo vi reaparecer en la cabeza del hombre que había delante del espejo.

Abrí la puerta, salí al pasillo y comencé a caminar sin rumbo fijo. Fui a parar al vestíbulo. En la esquina había una lámpara de pie alta cuya pantalla de bambú verde se reflejaba con total claridad en una puerta de cristal. Esa imagen me transmitió una sensación de sosiego en el corazón. Me senté en la silla de enfrente y me quedé pensando en varias cosas. Pero tampoco pude quedarme allí sentado más de cinco minutos. Vi el impermeable de nuevo. Esta vez estaba tirado sobre el respaldo del sofá de al lado.

«Y eso que estamos en pleno invierno».

Mientras me rondaban este tipo de pensamientos, regresé de nuevo al pasillo. Aunque en el rincón de servicio del pasillo no vi ni a un solo encargado, sus voces me llegaron levemente al oído. Pude escuchar como alguien respondía en inglés *All right*... ¿*All right*?... Me esforcé para intentar captar el significado exacto del diálogo... ¿*All right*?... ¿*All right*? Pero ¿qué demonios sería lo que estaba *all right*?

Mi habitación continuaba silenciosa, pero me horrorizaba la idea de abrir la puerta y entrar. Después de vacilar un momento, entré con decisión. Acto seguido me senté en la silla de cara al escritorio, de forma que no pudiera ver el espejo. Era una cómoda silla forrada con una piel marroquí azul que me recordaba la piel de un lagarto. Abrí mi cartera, saqué una cuartilla y me dispuse a continuar escribiendo un relato. Sin embargo, la pluma que había cargado de tinta seguía sin querer funcionar. Cuando por fin empezó a escribir, solamente trazaba las mismas palabras, una y otra vez: *All right*... *All right*... *All right*... *All right*...

En ese preciso instante sonó el teléfono, que estaba junto a la cama. Sobresaltado, me levanté y acerqué el auricular a la oreja.

—¿Quién es?

—Soy yo. Yo...

Hablaba con la hija de mi hermana mayor.

—¿Qué quieres? ¿Ha pasado algo?

—Sí..., esto..., ha ocurrido algo terrible. Por eso..., es que ha ocurrido algo terrible. Ahora acabo de llamar a la tía también.

—¿Algo terrible?

—Sí. Así que ven enseguida, por favor. Pero enseguida, ¿eh?

La comunicación se cortó tras esas palabras. Colgué el teléfono y, como si fuera un acto reflejo, pulsé el botón del timbre. Era totalmente consciente de que me temblaba la mano. El camarero del servicio de habitaciones no venía. No sentí irritación, sino rabia, y apreté el botón una y otra vez. Entonces comprendí por fin el significado de las palabras *All right* que el destino me había mostrado.

La tarde de ese mismo día el marido de mi hermana había muerto arrollado por un tren en un paraje rural no muy lejos de Tokio. Llevaba puesto un impermeable, algo totalmente chocante para esa época del año. Yo, ahora, en la habitación del hotel continúo escribiendo el mismo relato. Por el pasillo de la medianoche no pasa nadie. No obstante, a veces, al otro lado de la puerta escucho el batir de unas alas. Puede que alguien tenga un pájaro en alguna parte.

2. Venganza

Me desperté a las ocho de la mañana en la habitación del hotel. Pero, cuando me disponía a bajar de la cama, vi que, extraña e inexplicablemente, solo había una pantufla. Durante los últimos dos años, ese tipo de cosas siempre me habían producido miedo e inseguridad. Pero, además, esta vez me acordé de cierto príncipe de la mitología griega que solo llevaba una sandalia. Decidí pulsar el timbre y llamar al servicio de habitaciones para que me buscaran la otra pantufla. El encargado, con cara de extrañeza, empezó a buscar por todos los rincones de la minúscula habitación.

—Aquí estaba. Dentro del cuarto de baño.

—¿Cómo habrá ido a parar allí?

—¡Quién sabe! Quizás haya sido un ratón.

Después de que se marchara el encargado, me bebí el café solo y me puse a darle los últimos retoques a mi último relato. La ventana de toba cuadrada daba a un jardín nevado. Cada vez que reposaba la pluma, me quedaba absorto contemplando la nieve. Su blanco manto, bajo los capullos de las adelfas, estaba manchado por el humo y el hollín de la ciudad. Un espectáculo que me angustiaba inexplicablemente. Mientras me fumaba un cigarrillo, con la pluma inmóvil, empecé a pensar en mil cosas. En mi mujer, en mis hijos, y especialmente en el marido de mi hermana mayor...

Antes de que mi cuñado se suicidara, había estado bajo sospecha de haber provocado un incendio intencionado. En realidad, era algo inevitable: antes de que la casa se quemara, había contratado un seguro de incendios que doblaba el precio de la vivienda. Además, estaba en libertad condicional por cometer perjurio. Sin embargo, no era su suicidio lo que me angustiaba, sino el hecho de que, cada vez que yo volvía a Tokio, siempre me encontraba con algún incendio. O bien por la ventanilla del tren veía las montañas en llamas, o bien por la ventanilla del coche (esa vez iba acompañado de mi mujer) veía arder los alrededores del puente Tokiwa. Era imposible que semejante fenómeno no desatara en mí la premonición del incendio.

—Oye, tal vez este año se incendie la casa.

—No digas esas cosas, que traen mala suerte... Aun así, si se incendiara, sería terrible, ¿no? Y la casa ni siquiera está asegurada...

Mi mujer y yo hablábamos de esas cosas a veces. Pero mi casa continuaba sin arder...

Me esforcé por alejar de mí esta obsesión y una vez más intenté poner en movimiento la pluma. De todos modos, no conseguí hacerla avanzar con facilidad, ni tan solo la distancia de una línea. Finalmente, acabé por alejarme del escritorio y, tumbado en la cama, empecé a leer *Polikushka*, de Tolstói. Su protagonista tenía una personalidad compleja, una mezcla de vanidad, morbosidad y hambre de fama y gloria. Además, si a la tragicomedia que fue su vida le añadiéramos unos ligeros retoques, se convertiría en una caricatura de mi propia vida. Lo que me inquietaba cada vez más era percibir esa risa burlona y siniestra del personaje. No había pasado ni una hora cuando salté de la cama rápidamente y lancé el libro con todas mis fuerzas contra las cortinas de la habitación.

—¡Muérete!

Entonces, un gran ratón salió de debajo de las cortinas y corrió en diagonal por el suelo hasta llegar al cuarto de baño. De un salto fui al baño, abrí la puerta y, aunque lo busqué por todas partes, no vi ni rastro del roedor, ni siquiera detrás de la bañera blanca. De repente me entró miedo y, después de cambiarme precipitadamente las pantuflas por los zapatos, eché a andar por los pasillos solitarios del hotel. Esos pasillos vacíos tenían también hoy el aire melancólico de una cárcel. Mientras andaba cabizbajo subiendo y bajando las escaleras, acabé por meterme en la cocina. Era una estancia sorprendentemente luminosa. Muchos de los fogones alineados a un lado estaban encendidos. Al atravesar la sala, pude sentir cómo los cocineros de gorros blancos me miraban fríamente. De nuevo sentí que iba cayendo en un infierno. «¡Dios mío, castígame! No te ofendas. Quizás esto será mi ruina». Era lógico que en un momento como aquel una plegaria así se me escapara de los labios.

Al salir del hotel, me dirigí apresuradamente a la casa de mi hermana. La nieve derretida del camino reflejaba el cielo azul. A los lados, los árboles del parque extendían sus ramas y sus hojas ennegrecidas. Además, cada uno de ellos, al igual que las personas, tenía una parte trasera y una delantera. Esto, de nuevo, más que malestar me produjo una sensación de miedo. Esta visión me hizo recordar los infiernos de Dante, donde las almas se habían convertido en árboles, por lo que decidí caminar por el otro lado de la calle, donde solamente había edificios alineados uno detrás de otro. Sin embargo, no pude avanzar ni una manzana sin obstáculos.

—Disculpe que lo moleste.

Era un universitario de unos veintidós o veintitrés años con un uniforme de botones dorados. Callado, me limité a observarlo fijamente. Descubrí un lunar en el lado izquierdo de su nariz. Con la gorra en la mano me habló con timidez:

—¿Por casualidad, no será usted el señor A.?

—Sí, soy yo.

—Es lo que me había parecido…

—¿Quería alguna cosa?

—No, nada, simplemente quería saludarlo. Soy un lector y admirador suyo, profesor…

Me levanté el sombrero levemente a modo de saludo y seguí caminando hasta que lo dejé atrás. Profesor, profesor A.…

De un tiempo a esta parte, esas palabras me resultaban extremadamente desagradables. A mí, que era culpable de todos los pecados, la gente por cualquier motivo me llamaba profesor. En tales ocasiones no podía evitar sentir que había algo ridículo. Pero ¿qué era?... Mi materialismo no podía permanecer sin rechazar mi misticismo. Hace dos o tres meses publiqué la siguiente idea en una revista de cierto círculo literario: «No tengo ningún tipo de conciencia, empezando por la conciencia artística. Lo único que tengo es un manojo de nervios...».

Mi hermana, junto con sus tres hijos, se había refugiado en una casucha que había al fondo del callejón. En su interior, empapelado de color pardo, hacía más frío que en el exterior. Mientras nos calentábamos las manos en el brasero, hablamos de varias cosas. El corpulento marido de mi hermana siempre me había menospreciado instintivamente por ser tan delgado. Además, declaraba en público que mis obras eran inmorales. Yo, que siempre lo miraba fríamente por encima del hombro, no había hablado con franqueza con él ni una sola vez. No obstante, conversando con mi hermana comprendí que él, al igual que yo, también había ido cayendo poco a poco en un infierno. Se decía por ahí que verdaderamente había visto un fantasma en el interior de uno de los coches cama del tren. Pero encendí un cigarrillo e hice un esfuerzo por hablar de asuntos estrictamente prácticos.

—Sea como sea, dadas las circunstancias, estoy pensando en venderlo todo.

—Eso está claro. Seguro que por la máquina de escribir te darán algo de dinero.

—Sí, y luego también están las pinturas.

—Por cierto, ¿también vas a vender el retrato del señor N. (el marido de mi hermana)? Pero ese...

Vi el dibujo a carboncillo, sin marco, colgado en la pared de la casucha, y sentí que no debía hacer ese tipo de bromas a la ligera. Decían que su cara, destrozada por el tren, se había reducido a una masa de carne y que lo único reconocible era el bigote. Sin duda, la historia en sí era estremecedora. Sin embargo, aunque en la pintura estaba retratado de cuerpo entero, por alguna razón, apenas se vislumbraba algo más que el bigote. Como pensaba que se debía a los reflejos de la luz, me puse a observar el retrato desde diversos ángulos.

—¿Qué estás haciendo?

—No, nada... Simplemente, es que, en este retrato, solo el contorno de la boca...

Mi hermana, volviéndose un poco, me contestó como si no se hubiera dado cuenta de nada.

—El bigote es inexplicablemente fino, ¿verdad?

Lo que yo había visto no era, por tanto, una ilusión óptica. No obstante, en tal caso...

Decidí irme de casa de mi hermana antes de que me invitaran a comer.

—Pero si no hay problema alguno.

—Bueno, quizás mañana... Es que hoy tengo que ir hasta Aoyama[6].

—Ah, ¿allí? ¿Continúas mal de salud?

6 Barrio céntrico de Tokio donde estaba localizada la clínica psiquiátrica a la que acudía el autor y protagonista del relato.

—Todavía sigo tomando medicinas sin parar. Solo con los somníferos ya es bastante duro. Veronal, Ironal, Trional, Numal...

Apenas habían pasado treinta minutos cuando entré en un edificio y subí en ascensor hasta el segundo piso. Empujé la puerta de cristal de un restaurante con la intención de entrar, pero la puerta no se movía. Colgaba un rótulo laqueado que decía «Hoy, día de descanso». Me empecé a sentir mal, así que, después de quedarme un rato contemplando las manzanas y plátanos amontonados sobre la mesa al otro lado de la puerta de cristal, decidí regresar a la calle. A la salida, dos empleados que entraban al edificio charlando alegremente me rozaron el hombro sin querer. En ese momento me pareció que uno de ellos me decía: «¡Fastídiate!».

Me quedé de pie en la calle esperando a que pasase un taxi, pero me dio la impresión de que no iba a pasar ninguno en un buen rato. Y, cuando pasaba uno, era inevitablemente de los amarillos. (Estos taxis amarillos siempre, por alguna razón, acababan por involucrarme en algún accidente de tráfico). En ese instante encontré uno verde, mi color de la suerte. Mal que bien, le pedí al chófer que me llevara a la clínica psiquiátrica que estaba cerca del cementerio de Aoyama.

«Fastidiarse... *Tantalizing*... *Tantalus*... *Inferno*...».

Tántalo, en realidad, era yo mismo contemplando las frutas a través de la puerta de cristal. Mientras maldecía doblemente el infierno de Dante que había estado flotando ante mis ojos, clavaba la mirada en la espalda del taxista. En esos momentos, de nuevo sentí que todo era una mentira. El Gobierno, el comercio, el arte, la ciencia...

Todo ello era para mí como un esmalte abigarrado que no hacía más que ocultar su existencia. Poco a poco empecé a sentir asfixia, así que abrí la ventanilla del taxi. Aun así, el sentimiento de ahogo que sentía en el corazón no desapareció.

El taxi verde por fin llegó a Jingumae. Allí se suponía que debía de haber una callejuela que daba a la clínica psiquiátrica. Sin embargo, en esa ocasión, fui incapaz de encontrarla. Hice dar al taxista varias vueltas siguiendo las vías del tranvía para ver si la localizaba, pero, finalmente, decidí abandonar la idea y me bajé del vehículo.

Al fin encontré la callejuela y giré por una calle enlodada. En un momento dado, me equivoqué de camino y aparecí delante de la funeraria de Aoyama. Desde el funeral del maestro Natsume Sōseki[7], no había traspasado la puerta de aquel edificio ni una sola vez. Habían pasado ya diez años. Hace diez años yo no era feliz, pero al menos tenía paz. Miré en el interior de la entrada el camino cubierto de gravilla y, recordando al árbol musáceo de la «Antigua Residencia de Sōseki», no pude evitar sentir que una etapa de mi vida ya había llegado a su fin. Tampoco pude librarme de la sensación

7 Natsume Sōseki (1867-1916), novelista japonés, al que conoció y trató Akutagawa.

de que algo me había llevado hasta aquel cementerio tras diez años de ausencia.

Después de salir de la clínica psiquiátrica, decidí volver a tomar un taxi y regresar al hotel. Pero, al apearme en la entrada, el hombre del impermeable estaba discutiendo con un empleado del servicio. ¿Con un empleado?... No, no era un empleado, sino el encargado de los vehículos que llevaba un uniforme verde. Cuando me dispuse a entrar al hotel, tuve un mal presentimiento, así que me di la vuelta enseguida y desanduve el camino por el que había venido.

Caía la noche cuando salí a la calle Ginza[8]. Las tiendas y el bullicioso gentío me hundieron aún más en la melancolía. Lo que más me trastornaba era ver que la gente de la calle caminaba alegremente, como si no fuera consciente de sus pecados. Continué andando hacia el norte, envuelto en una mezcla de luces creadas por el crepúsculo y las farolas. Poco después, lo que me llamó la atención fueron las revistas apiladas en una librería. Entré y, abstraído, levanté la mirada hacia lo alto de una estantería. Decidí echarle una ojeada a un libro titulado *Mitología griega*. Tenía las tapas amarillas y parecía escrito para niños. No obstante, la línea que leí por casualidad súbitamente me hizo sentir aturdido:

«Ni siquiera el poderoso dios Zeus puede vencer a la diosa de la venganza...».

8 Avenida de tiendas lujosas en el centro de Tokio.

Dejé la librería y me perdí entre la muchedumbre. Continué sintiendo cómo el incesante acecho de la diosa de la venganza pesaba sobre mis espaldas…

3. La noche

En uno de los estantes del piso de arriba de la librería Maruzen[9] encontré un ejemplar de *Leyendas*, de Strindberg, y hojeé dos o tres páginas. Lo que leí difería mucho de mi experiencia personal. Además, las tapas eran de color amarillo. Devolví el libro a su estante y a continuación saqué a ciegas un libro grueso. En una de sus páginas había dibujados engranajes, engranajes de rasgos humanos, en sucesión, uno tras otro. (Se trataba de una colección de láminas realizadas por los pacientes de un psiquiátrico y recopilada por un alemán). Entonces, sumido en la melancolía, sentí emerger de mi interior una rebeldía mental que me obligaba a sacar libros de los estantes como un jugador enloquecido abandonado a la desesperación. Sin embargo, por algún motivo, en todos los libros, ya fuera en sus palabras o en sus grabados, se escondía alguna espina. ¿En todos?… Incluso cuando saqué *Madame Bovary*, que había leído incontables veces, sentí que yo podía ser el burgués monsieur Bovary…

Al caer la noche, parecía que, aparte de mí, en Maruzen ya no quedaban más clientes. Bajo las luces

9 Cadena japonesa de librerías, fundada en 1869, y que todavía hoy en día goza de gran popularidad, con 43 tiendas por todo el país.

eléctricas deambulaba entre las estanterías. Me detuve ante una de ellas. En el letrero se leía «Religión». Hojeé un libro de tapas verdes. Entre los capítulos del índice, encontré una sección con las siguientes palabras: «Los cuatro temibles enemigos: la sospecha, el miedo, la arrogancia y la sensualidad». Nada más ver estas palabras, sentí cómo mi espíritu se rebelaba de nuevo con más fuerza. Ese tipo de enemigos, al menos para mí, no eran más que otros nombres de la sensibilidad y de la inteligencia. Pero cada vez me resultaba más insoportable que tanto la modernidad como la tradición me hicieran tan infeliz. Todavía con el libro en la mano, de repente me acordé de un seudónimo que había usado una vez, «Juryou Yoshi». Era el nombre del joven chino Han Feizi, que acabó volviendo a su tierra natal arrastrándose como una serpiente, porque, incapaz de imitar la forma de caminar de la gente de Kantan, se había olvidado hasta de su propio andar. No cabía la menor duda de que hoy, ante los ojos de cualquiera, yo era Juryou Yoshi. No obstante, el hecho de que usara ese seudónimo cuando todavía no había caído al infierno...

Dejé atrás una gran estantería y, esforzándome por escapar de mis delirios, me metí en la sala de exposiciones de carteles que se encontraba justo enfrente. Pero allí había un cartel con un caballero que parecía san Jorge y que había matado al dragón alado atravesándolo con una lanza. Además, semioculto por el yelmo medio bajado, se podía entrever el ceño fruncido del caballero. Se parecía mucho a uno de mis enemigos. Entonces me vino a la memoria el arte de matar un dragón en la historia de Han Feizi que había recordado antes y bajé por unas escaleras sin adentrarme más en la sala de exposiciones.

Ya completamente de noche, mientras caminaba por la calle Nihonbashi, las palabras «matar un dragón» continuaban en mi pensamiento[10]. También coincidían con la inscripción de mi piedra para hacer tinta china. Me la había regalado un joven empresario. Después de haber fracasado en varios negocios, acabó arruinado a finales del año pasado. Alcé la mirada hacia el firmamento y pensé en lo pequeña que debía de ser la Tierra entre las incontables estrellas...

Luego, intenté pensar en lo pequeño que debía de ser yo mismo. Sin embargo, al mediodía de esa jornada, el cielo despejado se había nublado completamente. De repente sentí una presencia hostil, así que decidí refugiarme en una cafetería que había al otro lado de las vías.

Sin duda se trataba de un «refugio». Las paredes de color rosa de la cafetería me hicieron sentir algo parecido a la calma y por fin me senté delante de la mesa del fondo. Por suerte, aparte de mí, no había más que dos o tres clientes. Bebí el chocolate a sorbos y, como de costumbre, me fumé un cigarrillo. El humo ascendió débilmente por la pared rosa en forma de niebla azulada. La armonía de este

10 «Matar un dragón» significa en chino «un talento inútil».

agradable color me resultó placentera. De todos modos, después de un rato, descubrí un retrato de Napoleón en la pared de la izquierda y de nuevo empecé a sentirme inquieto. Cuando Napoleón todavía era un estudiante, había anotado al final de su libreta de Geografía: «Santa Elena, una isla pequeña». Posiblemente, tal y como se dice, no fuera más que una casualidad. Pero, con toda seguridad, al propio Napoleón le debió de producir miedo...

Mirando a Napoleón, pensé en mis propias obras. Y entonces lo primero que me vino a la mente fueron los aforismos que había en *Palabras de un enano*[11]. (Especialmente la frase: «La vida es más infernal que el infierno»). Después estaba el protagonista de *El biombo del infierno*[12]...

Era el destino de un pintor llamado Yoshihide. Y después... Mientras me fumaba un cigarrillo para escapar de estos recuerdos, dejé vagar la mirada por el interior de la cafetería. No hacía ni cinco minutos que me había refugiado allí y, sin embargo, en ese corto periodo de tiempo, su aspecto había cambiado completamente. Lo que más me perturbaba era que las sillas y las mesas de caoba falsa no estaban en absoluto en armonía con las paredes rosas. De nuevo, por miedo a volver a hundirme en un

11 Relato de Akutagawa originalmente escrito en 1925 con el título original japonés *Shuju no kotoba*. Dicho relato ha sido traducido bajo el título *Palabras de un enano* por Taiwa Sakaguchi (*Revista de El Colegio de México*, 1987).

12 Célebre relato de Akutagawa escrito en 1916, también conocido en español bajo el título *Las puertas del infierno* o *El biombo infernal*, publicado en *El biombo infernal* (Madrid, Arión, 1961) y *Belleza de lo brutal: diez cuentos* (Barcelona, Días Contados, 2011).

dolor invisible a los demás, dejé rápidamente una moneda y salí a toda prisa de la cafetería.

—Oiga, oiga, que son veinte centavos...

La moneda que yo había dejado era de cobre.

Humillado, mientras andaba solo por la calle, me acordé de repente de la casa que tenía en el pinar. No se trataba de la casa de mis padres adoptivos que estaba a las afueras de la ciudad, sino de la que había alquilado para mi familia y donde yo era el centro. Llevaba unos diez años viviendo en una casa así. No obstante, debido a ciertas circunstancias y a mi imprudencia, empezamos a vivir con mis padres adoptivos. En ese momento, me convertí en un esclavo, en un tirano, en un ser débil y egoísta.

Cuando volví al hotel, ya eran alrededor de las diez. Después de haber recorrido un largo camino, no me quedaban fuerzas para llegar hasta mi habitación, así que me senté en una silla frente a una chimenea donde ardía un grueso tronco. Acto seguido me puse a pensar en cómo organizar mi libro de relatos. Se trataba de un conjunto de historias que tendría como protagonistas a los pueblos de cada época, desde la Antigüedad hasta la era Meiji, y que estaría formado por unos treinta relatos en orden cronológico. Mientras miraba las chispas danzar, de repente recordé la estatua de cobre que había delante del Palacio Imperial. Esa estatua llevaba una armadura y, montada sobre el caballo, se elevaba hacia el cielo personificando la lealtad[13]. Sin embargo, su enemigo era...

—¡La mentira!

Otra vez, de un resbalón, caí desde el lejano pasado hasta el cercano presente. Por fortuna, en ese momento se presentó un escultor mayor que yo y al que conocía. Como de costumbre, llevaba un abrigo de terciopelo y una perilla corta. Me levanté de la silla y choqué la mano que me tendía. (Yo no tenía esa costumbre, simplemente me adaptaba a la de este conocido que había pasado media vida en París y Berlín). Pero, extrañamente, su mano estaba húmeda como la piel de los reptiles.

—¿Te alojas aquí?

—Sí...

—¿Por trabajo?

—Bueno, sí, también estoy trabajando.

Se quedó mirándome fijamente. Me escudriñaba con ojos de detective.

—¿Qué te parece si vienes a mi habitación a charlar? —le pregunté en tono desafiante.

(Aunque soy un hombre de escaso coraje, tengo la mala costumbre de adoptar rápidamente una actitud desafiante). Entonces me contestó sonriendo:

—Tu habitación, ¿dónde está?

Como dos íntimos amigos, fuimos a mi habitación hombro con hombro, pasando por en medio de unos

13 Es la estatua del samurái Kusunoki Masashige (1294-1336), que pereció en el campo de batalla en defensa de la causa imperial.

extranjeros que conversaban en voz baja. Hablamos de varios temas. ¿De varios temas?... Bueno, sobre todo hablamos de mujeres. Sin duda, yo iba a ir al infierno por los pecados que había cometido. Así que las historias lascivas me deprimían aún más. Me convertí en un puritano por un instante y hablé con sarcasmo de las mujeres.

—Mira los labios de la señorita S. Después de haber besado a tantos hombres...

De pronto me callé y me fijé en su espalda reflejada en el espejo. Justo debajo de la oreja tenía pegado un parche amarillo.

—¿Después de haber besado a tantos hombres?

—Sí, creo que es ese tipo de mujer.

Se rio y asintió. Sentí que en su interior pretendía descubrir mis secretos y me observaba constantemente. Sin embargo, como era de esperar, nuestra conversación no se alejó del tema de las mujeres. Yo, más que aversión por él, sentí vergüenza ante mi debilidad, y finalmente no pude evitar deprimirme.

Después de que por fin se marchara, me tumbé sobre la cama y empecé a leer *Por una noche oscura*[14]. La lucha espiritual del protagonista me pareció muy intensa. Al compararme con él, comprendí lo necio que había sido y en un momento dado empecé a sollozar. Las lágrimas me sosegaron al cabo de un rato. Pero no por mucho

14 El título original de esta obra de Shiga Naoya, de 1921, es *An'ya kōro*.

tiempo. Volví a sentir la presencia de los engranajes semitransparentes en mi ojo derecho. Como siempre, el número de engranajes se iba multiplicando progresivamente mientras giraban y giraban. Como temía que comenzara de nuevo el dolor de cabeza, dejé el libro junto a la cama e ingerí 0,8 gramos de Veronal. Quería dormir profundamente.

En mi sueño vi una piscina. También había niños y niñas nadando y buceando. Dejé la piscina atrás y me encaminé hacia el bosque. Entonces, alguien me llamó desde atrás:

— Cariño.

Me giré un poco y vi a mi esposa de pie delante de la piscina. Al mismo tiempo tuve una fuerte sensación de arrepentimiento.

—Cariño, ¿una toalla?

—No necesito toalla. Vigila a los niños.

Reanudé la marcha. Pero, sin apenas darme cuenta, el terreno sobre el que andaba se convirtió en un andén. Se trataba de la estación ferroviaria de un pueblo. Un largo seto adornaba el andén. Allí, de pie, estaban un universitario que se llamaba H. y una mujer mayor. Cuando vieron mi cara, se acercaron a mí y me hablaron a coro:

—Fue un gran incendio[15], ¿verdad?

—Sí, yo también pude escapar a duras penas.

15 Se alude al gran incendio que asoló la ciudad de Tokio a raíz del Gran Terremoto de 1923.

Sentí que recordaba haber visto antes a la mujer mayor. Es más, hablar con ella me produjo una agradable excitación. En ese momento, un tren que echaba humo se detuvo silenciosamente junto al andén. Subí solo y caminé entre las literas que había a ambos lados del vagón y de las que pendían colgantes blancos. Sobre una de las camas, de cara a mí, yacía el cuerpo casi momificado y desnudo de una mujer. Se trataba de nuevo de mi diosa de la venganza...

Sin duda, debía de ser la hija de alguna loca...

Al despertarme, instintivamente, salté de la cama como un resorte. Mi habitación estaba iluminada por la luz eléctrica, pero en algún lugar podía oír el sonido de las alas y el chillido del ratón. Abrí la puerta, salí al pasillo y me fui a toda prisa hasta la chimenea. Sentado en la silla, me quedé contemplando las llamas vacilantes. Entonces, un empleado de uniforme blanco se acercó para añadir un tronco con el que avivar el fuego.

—¿Qué hora es?

—Son alrededor de las tres y media, señor.

En el rincón del vestíbulo, del otro lado, una mujer que parecía americana estaba leyendo un libro. A pesar de la distancia, pude distinguir claramente que llevaba un vestido verde. De alguna manera, sentí que eso me había salvado y decidí esperar quieto a que amaneciera. Como un viejo que aguarda sereno la muerte tras muchos años de haber aguantado los sufrimientos de una enfermedad...

4. ¿Todavía?

Por fin terminé el relato en la habitación del hotel y decidí enviarlo a la revista. En realidad, aunque lo que me pagaban por él apenas llegaba para cubrir los gastos de estancia de una semana, estaba satisfecho por haber acabado mi trabajo, y, como necesitaba algo parecido a un tónico mental, decidí salir a alguna librería de Ginza.

En el asfalto, bajo el sol invernal, había muchos papeles usados, esparcidos por toda la calle.
Pero, por efecto de la luz, esos trozos de papel viejo se transformaron en pétalos de rosa. Invadido por una especie de sentimiento de adhesión, entré en la librería. Encontré el local más ordenado y pulcro de lo habitual. No pude evitar fijarme en una muchachita con gafas que estaba hablando con el dependiente. Sin embargo, recordé las rosas de papel usado tiradas por la calle y decidí comprarme las *Conversaciones con Anatole France*[16] y el *Epistolario*[17], de Prosper Mérimée.

Con los dos libros bajo el brazo me metí en una cafetería y decidí esperar en la mesa del fondo a que me trajeran un café. Al lado estaban sentados un chico y una mujer que parecían ser madre e hijo. Aunque era más joven, el hijo se parecía bastante a mí. Los dos

16 De Nicolas Ségur (1874-1944), *Conversations avec Anatole France* (1925).

17 Recopilación póstuma de cartas de Mérimée (1803-1870) publicada con el título *Lettres à une inconnue* en 1874. Traducido y publicado en castellano bajo el título *Cartas a una desconocida*.

conversaban muy cerca el uno del otro, como dos novios. Mientras los miraba, me di cuenta de que al menos el hijo era consciente de estar proporcionando a su madre cierto consuelo sexual. Era un tipo de afinidad con la que yo mismo estaba familiarizado. Al mismo tiempo, también era evidente que demostraba cierta determinación de hacer de esta vida terrenal un infierno. Sin embargo...

Afortunadamente, cuando temía de nuevo caer en las garras de mis propias angustias, llegó el café y empecé a leer el *Epistolario*, de Prosper Mérimée. En esta obra, el autor, al igual que en sus novelas, brillaba por sus agudos aforismos. Al leerlos tuve la sensación de que mis sentimientos se fortalecían como el acero. (Ser tan influenciable era también uno de mis puntos débiles). Después de beberme la taza de café, dejé el establecimiento y, con ánimo de «que venga lo que sea», me fui.

Mientras caminaba por la calle, miraba furtivamente los diferentes escaparates. En el de una tienda de marcos habían puesto un retrato de Beethoven. El retrato del genio de la música con el cabello encrespado era muy real. No pude evitar que este Beethoven me pareciese cómico...

Entonces, me encontré a un viejo amigo al que no veía desde los tiempos del instituto. Ahora era profesor universitario de Química Aplicada, llevaba una gran cartera de fieltro bajo el brazo, y tenía un ojo vidrioso y enrojecido.

—¿Qué te ha pasado en el ojo?

—¿Esto? ¡Bah! Es solo una conjuntivitis.

De pronto me acordé de que, desde hacía unos catorce o quince años, cada vez que yo sentía simpatía por alguien, mis ojos reaccionaban con una conjuntivitis igual que la suya. Pero no dije nada al respecto. Me dio unas palmadas en el hombro y charlamos de amigos comunes. Mientras hablábamos, me llevó a una cafetería.

—Cuánto tiempo, ¿verdad? Creo que desde la ceremonia que tuvo lugar en ocasión del monumento de Shushunsui[18] —dijo desde el otro lado de la mesa de mármol, después de encenderse un puro.

—Es verdad. Aquel Shushun...

Por alguna razón misteriosa no podía pronunciar correctamente el nombre Shushunsui. El hecho de que fuese un nombre japonés me hacía sentir aún más incómodo. No obstante, mi amigo no le dio importancia y siguió hablando de varios temas: del novelista llamado K., de que había comprado un *bulldog*, del gas venenoso con el nombre inglés de *lewisita*...

—Parece que no estás escribiendo nada, ¿no? Aunque he leído tu relato *Registro de defunciones*... ¿Es autobiográfico?

—Sí, es mi autobiografía.

—Pues me pareció un poco morboso, ¿sabes? ¿Y qué? ¿Andas mejor de salud últimamente?

—Bueno, todavía sigo tomando medicinas. Sin parar.

18 Se refiere al monumento erigido en 1913 en conmemoración del confucionista chino nacionalizado japonés Shushunsui (1600-1682).

—De un tiempo a esta parte, yo también padezco de insomnio.

—¿«Yo también»...? ¿Por qué dices «yo también»?

—Es que tú también tienes insomnio, ¿no? ¡Ojo, eh, que el insomnio es peligroso...!

Percibí algo parecido a una sonrisa solo en su ojo derecho, el que estaba irritado. Antes de contestarle, me vi incapaz de pronunciar correctamente la sílaba «-nio» de «insomnio».

—Tratándose del hijo de una loca, es lógico, ¿no crees?

Al cabo de unos diez minutos, ya me encontraba de nuevo deambulando por la calle.

No podía negar que los papeles tirados en el asfalto a veces parecían rostros humanos. En ese momento, una mujer de pelo corto acababa de cruzar desde el otro lado de la calle. En la distancia parecía muy bella. Sin embargo, cuando la vi de cerca, descubrí que tenía pequeñas arrugas y era fea de cara. Además, parecía que estaba embarazada. Inconscientemente me giré y me metí por una calle lateral bastante ancha. Pero, al rato, empecé a sentir dolor en las hemorroides. Para ese mal, el único alivio eran los baños de asiento.

—Baños de asiento...

Beethoven también los tomaba...

El olor a azufre que se usa en los baños de asiento me invadió inmediatamente la nariz. No obstante, como es lógico, en la calle no había azufre por ningún lado.

Mientras volvía a recordar las rosas de los papeles usados, hice un esfuerzo por andar firmemente.

Justo una hora después, recluido en mi habitación, sentado de cara al escritorio frente a la ventana, me puse a trabajar en mi nueva novela. Me extrañé al ver como mi pluma se deslizaba rauda y sin descanso sobre las hojas del cuaderno. Sin embargo, unas dos o tres horas después se detuvo completamente, como si alguien me hubiera oprimido los ojos con algo para que no pudiera ver. Me alejé del escritorio y caminé de un lado a otro de la habitación.

En ese tipo de situaciones era cuando mis delirios de grandeza resultaban más evidentes. Con una alegría salvaje sentí que no tenía padres ni esposa ni hijos: simplemente, la vida que fluía de mi pluma.

Pero, cuatro o cinco minutos después, sonó el teléfono. No importaba las veces que respondiera a la llamada, al otro extremo del hilo solo se oían una y otra vez palabras ambiguas. Pero, de todas maneras, había una parecida a «topo». Por fin me alejé del teléfono y volví a dar vueltas por la habitación. Pero la palabra «topo» seguía en mi cabeza.

Topo... *Mole*...

Sí, *mole* significa topo en inglés. Esta asociación de ideas no me resultaba divertida. Pero, dos o tres segundos después, reescribí *mole* como *mort*[19]. *La mort*...

19 Los japoneses no suelen percibir diferencia fonética entre la ele y la erre.

Inmediatamente, la palabra francesa «muerte» me angustió. De la misma manera que la muerte acechaba al marido de mi hermana, parecía que a mí también me estaba acechando. Aun así, incluso a merced de esta zozobra, también podía percibir algo gracioso. Es más, en un momento dado, incluso sonreí. ¿Qué era lo que me hacía gracia?... Ni yo mismo lo sabía. Después de mucho tiempo volví a ponerme delante del espejo y me enfrenté con mi reflejo. Él también, por supuesto, estaba sonriendo. Mientras observaba mi imagen me acordé de mi *alter ego*. Mi *alter ego*...

Eso que los alemanes llaman *doppelgänger*[20], afortunadamente, yo nunca lo había experimentado. Sin embargo, la esposa del joven K., que se había convertido en una actriz de cine americano, había visto a mi *alter ego* en los pasillos del Teatro Imperial. (Recuerdo haberme sentido confundido porque la esposa de K. de pronto me dijo: «El otro día, al final ni siquiera lo pude saludar»). También un traductor, al que le faltaba una pierna y que ya había fallecido, vio a mi *alter ego* una vez en un estanco de Ginza. La muerte, tal vez, se lleve a mi *alter ego* antes que a mí. Aun en el caso de que viniese expresamente a por mí...

Puse el espejo de cara a la pared y volví al escritorio junto a la ventana. Desde la ventana de toba cuadrada se podía ver el césped seco y un estanque. Mientras

20 Vocablo alemán para definir el fenómeno conocido como el doble fantasmagórico de una persona viva.

contemplaba este jardín, recordé las libretas y piezas teatrales inacabadas que había quemado en un pinar. Entonces empuñé la pluma y empecé a escribir, una vez más, la nueva novela.

5. Luz roja[21]

La luz del sol empezó a atormentarme. Como si fuera un topo, cerré las cortinas y, con la luz eléctrica encendida, me dediqué con ahínco a continuar con la novela. Después, cuando me cansaba de trabajar, abría la *Historia de la literatura inglesa*, de Adolphe Taine, y hojeaba las biografías de los poetas. Todos habían sido infelices. Incluso las grandes figuras de la época isabelina...

Hasta Ben Jonson, uno de los eruditos más ilustres de su generación, torturado por la fatiga neuronal, había llegado a ver ejércitos cartagineses y romanos enzarzados en una batalla en el dedo gordo de su pie. No pude evitar sentir cierto placer malévolo y cruel al leer estas desgracias.

Una noche en la que soplaba un fuerte viento del este (para mí, una buena señal), salí a la calle

21 Akutagawa hace referencia con el título de este capítulo a varios conceptos. El más evidente sea quizás la luz roja que observa mientras deambula por las calles solitarias nocturnas en las siguientes páginas. Por otra parte, la lectura fonética (*shakko*) de los caracteres «luz roja» recuerda a la pronunciación utilizada en los sutras del budismo. La luz roja que irradia el cuerpo de Buda simboliza las bendiciones que trae la práctica de las enseñanzas budistas; también representa el paraíso budista. Finalmente, alude asimismo al título del poemario más representativo de Saitō Mokichi, poeta y psiquiatra, que, además, era el médico de familia de los Akutagawa.

pasando por el sótano y decidí ir a ver a cierto anciano. Vivía en el ático de un edificio donde tenía su sede una empresa especializada en biblias en la cual trabajaba de conserje. Era un hombre, además, entregado a la oración y a la lectura. Mientras nos calentábamos las manos en el brasero, hablamos de numerosos temas bajo una cruz colgada en la pared. Acerca de por qué mi madre se volvió loca, de por qué mi padre no tuvo éxito en los negocios o de por qué yo había sido castigado... Él, conocedor de esos secretos y dejando entrever en sus labios una sonrisa extraña y solemne, me hizo compañía durante mucho rato. Y, además, en sus escuetas frases, captaba a veces el lado caricaturesco de la vida. No podía evitar sentir respeto por este ermitaño del ático. Pero, mientras conversábamos, descubrí que él también actuaba movido por ciertos gustos.

—La hija de ese jardinero es guapa y tiene buen corazón... Además, siempre es amable conmigo.

—¿Qué edad tiene?

—Este año hará diecisiete.

Quizás para él se trataba de un amor paternal. Pero yo no pude evitar sentir la pasión que había en su mirada. En la piel amarillenta de las manzanas que me había ofrecido descubrí la figura de un unicornio. (A menudo detectaba animales mitológicos en las vetas de la madera o en las fisuras de las tazas de café). Sin lugar a dudas, ese unicornio era un *kirin*. Un crítico me calificó una vez como el «*kirin* de los años 1910-1919»[22]. De repente sentí que tampoco ese ático con una cruz colgada era un lugar seguro.

—¿Y qué tal todo últimamente?

—Como siempre, frustrado y con los nervios a flor de piel.

—Eso no está bien y, para colmo, medicándote. ¿Y no te interesaría hacerte cristiano?

—Si al menos fuera posible para mí...

—No es nada complicado. Basta con creer en Dios, creer en Cristo, el Hijo de Dios, o en los milagros que hizo Cristo...

—¡Bah! En el diablo sí que puedo creer...

—Entonces, ¿por qué no crees en Dios? Si se cree en la sombra, por fuerza se debe creer en la luz, ¿no te parece?

—Pero también existen las tinieblas sin luz, ¿no?

—¿A qué te refieres por tinieblas sin luz?

No me quedó más remedio que callarme. Al igual que yo, él también caminaba en las tinieblas. Solo que él, además, creía en la luz. Nuestra lógica solamente difería en ese punto. Mas, al menos para mí, ese escollo era insuperable...

—Pero con toda seguridad existe la luz. Y tenemos los milagros como prueba. Los llamados milagros, incluso hoy en día, ocurren a menudo.

—Eso son los milagros que hace el diablo...

22 *Kirin-ji*, que literalmente significa «niño *Kirin*», se emplea en el sentido de «niño prodigio».

—¿Por qué vuelves a mencionar al diablo?

Estuve tentado de contarle lo que yo mismo había experimentado durante los últimos dos años. Sin embargo, temía que se lo contara a mi esposa e hijos, y que, entonces, me volvieran a meter en la clínica psiquiátrica. A mi madre le había pasado lo mismo.

—¿Qué es eso que hay allí?

El robusto anciano, con una expresión que recordaba al dios Pan, volvió la mirada hacia una vieja estantería.

—Son las obras completas de Dostoievski. ¿Has leído *Crimen y castigo*?

Diez años atrás yo me había familiarizado con cuatro o cinco libros de Dostoievski. Pero me emocioné especialmente cuando escuché el título *Crimen y castigo*. Así que decidí tomar prestado el libro y volverme al hotel. Tal y como presentía, la calle —iluminada por la brillante luz de las farolas— y la enorme muchedumbre me angustiaron. Como estaba seguro de no poder soportar en absoluto un encuentro casual con algún conocido, traté de elegir calles oscuras como si fuera un ladrón.

Al cabo de un rato me empezó a doler el estómago. Lo único que podía apaciguar el dolor era un vaso de *whisky*. Encontré un bar y me disponía a entrar empujando la puerta cuando, dentro del estrecho local, entre la densa nube producida por el humo del tabaco, distinguí un grupo de jóvenes que parecían artistas bebiendo alcohol. Entre ellos había una muchacha con el pelo recogido que tocaba con entusiasmo una mandolina. Enseguida sentí confusión y retrocedí sin acabar de entrar. Entonces vi que mi sombra oscilaba de derecha a izquierda. Además, me inquietó descubrirme bañado por una luz roja. Me quedé parado en la calle. En ese instante vi mi sombra, al igual que antes, balanceándose incesantemente de izquierda a derecha. Volví la mirada temeroso y por fin descubrí que del alero del bar colgaba un farol de cristal coloreado. El farol se mecía lentamente debido al fuerte viento.

Entré en otro local que estaba en el subsuelo. De pie en la barra, pedí un *whisky*.

—¿*Whisky*? Solo tenemos Black and White.

Vertí el *whisky* dentro de un vaso con soda y, en silencio, me lo fui bebiendo a sorbos. A mi lado, los que parecían ser un par de periodistas de unos treinta años hablaban en voz baja. Además, lo hacían en francés. Aunque estaba completamente de espaldas a ellos, podía sentir su mirada sobre mí. Eran como unas ondas eléctricas que recorrían todo mi cuerpo. Sin duda sabían mi nombre. Tuve la impresión de que estaban murmurando algo sobre mí.

—*Bien..., très mauvais... Pourquoi ?*

—*Pourquoi ?... Le diable est mort !*

—*Oui, oui..., d'enfer...*

Dejé una moneda (era la última que me quedaba) y decidí escapar de aquel sótano al exterior. Ya un poco aliviado del dolor de estómago, sentí cómo la brisa de la noche que recorría la calle fortalecía mis nervios.

Recordé a Raskolnikov de *Crimen y castigo* y sentí deseos de confesarlo todo. Pero eso, para mí... No, también para mi familia, sin duda, sería una tragedia. Además, era cuestionable si este deseo era verdadero o no. Si al menos mis nervios fueran tan fuertes como los de una persona normal...

Pero para eso tendría que ir a algún sitio. A Madrid, a Río, a Samarcanda...

Fue entonces cuando vi un pequeño cartel blanco colgando del alero de un local que me inquietó. Era el logotipo de una marca: el dibujo de un neumático alado. Me recordó a aquel griego de la Antigüedad, el de las alas artificiales. Después de que se lanzara a volar por el cielo, los rayos del sol derritieron sus alas y finalmente cayó, de forma que terminó ahogándose en el mar. A Madrid, a Río, a Samarcanda...

No pude evitar burlarme de ese tipo de sueños. Al mismo tiempo, tampoco podía dejar de pensar en Orestes, perseguido por la diosa de la venganza.

Anduve por un camino oscuro que bordeaba el canal. Entonces recordé la casa de campo de mis padres adoptivos. Por supuesto, no cabía ninguna duda de que estaban esperando mi regreso. Tal vez mis hijos también...

Pero, si volviera allí, naturalmente, no podría vivir sin el temor de que alguna fuerza me retuviera. Las aguas agitadas del canal hicieron que un bote de juncos se alzara a mi lado. Del fondo del barco se filtraba una tenue luz. Seguramente era porque una familia de varias personas vivía allí. Como se suele decir, para amarse hay que odiarse... Pero volví a sentir de nuevo mi mente en rebelión y, todavía embriagado por el *whisky*, decidí volver al hotel.

Frente al escritorio continué leyendo el *Epistolario*, de Prosper Mérimée. Este acto, de nuevo y sin saber cómo, me dio fuerzas para vivir. Sin embargo, cuando supe que Mérimée se había hecho protestante en sus últimos años, sentí de pronto que su rostro quedaba oculto detrás de una máscara. Tal como imaginaba, él también era uno de los que caminaban en las tinieblas. ¿En las tinieblas?

Por la noche oscura se convirtió en un libro aterrador para mí. Para olvidarme de esta melancolía, empecé a leer *Conversaciones con Anatole France.* Pero este moderno dios Pan también tuvo que cargar una cruz sobre los hombros...

Tan solo una hora después, el encargado del hotel vino a entregarme unas cartas. Una de ellas era de la librería Leipzig, que me pedía que escribiera un ensayo titulado *Las mujeres del Japón moderno*. ¿Por qué a nosotros, especialmente a mí, se nos encargaban ese tipo de ensayos? Además, en la carta en inglés había una posdata escrita a mano: «Junto con el artículo, le agradeceríamos que nos adjuntara el retrato de una mujer, pero en blanco y negro, como los de las pinturas japonesas». Al leer esto, me acordé del *whisky* Black and White e hice trizas la carta. Después abrí otra, la que tenía más a mano. Empecé a leer su texto escrito en papel amarillo. Era de un joven al que no conocía. Pero cuando apenas llevaba dos o tres líneas, al leer la frase «su obra, *El biombo del infierno*», no pude evitar sentir una profunda irritación. La tercera carta que abrí era de mi sobrino. Por fin respiré hondo y, al leerla, me enteré de los problemas de orden familiar. Esta carta también me dejó abatido.

—Te adjunto un ejemplar de la reedición del poemario *Luz roja*...

¡Luz roja! Sentí que alguien se estaba burlando de mí, así que decidí buscar refugio fuera de la habitación. Por los pasillos no había nadie. Puse una mano en la pared para apoyarme y a duras penas pude caminar hasta el vestíbulo. Después me senté en una silla y decidí encender un cigarrillo. Por alguna razón, el cigarrillo era Airship. (Desde que me alojé en este hotel no había fumado más que Star). La imagen de las alas artificiales me vino de nuevo al pensamiento. Llamé al encargado del mostrador y le pedí dos paquetes de Star. Pero, precisamente, el Star se les había agotado.

—Si quiere, tenemos Airship...

Negué con la cabeza y recorrí con la mirada el amplio vestíbulo. En el lado opuesto, unos cuatro o cinco extranjeros conversaban alrededor de una mesa. Entre ellos se encontraba una mujer con un traje rojo que, mientras les hablaba en voz baja, parecía mirarme de vez en cuando.

—Mrs. Townshead... —me susurró al oído una presencia invisible.

Por supuesto yo nunca había oído el nombre de Mrs. Townshead. Aunque tal vez fuera el nombre de aquella mujer...

Me levanté de nuevo de la silla y decidí volver a mi habitación con la sangre helada por el pánico a volverme loco.

Una vez en mi habitación, tenía previsto llamar por teléfono a la clínica psiquiátrica. Pero entrar allí implicaba una muerte segura. Después de vacilar repetidas veces, para engañar al miedo, empecé a leer *Crimen y castigo*. Sin embargo, la página por la que casualmente abrí el libro era un pasaje de *Los hermanos Karamazov*. Pensé que me había equivocado de libro y comprobé la portada. *Crimen y castigo*... El libro era sin duda *Crimen y castigo*. Era un error de encuadernación...

En el hecho de haber abierto el libro por una página mal intercalada entendí que lo que se movía era el dedo del destino; y, sin poder evitarlo, continué leyendo. Pero, cuando ni siquiera había leído ni una página, sentí cómo temblaba todo mi cuerpo. Era el pasaje que describe cómo el diablo tortura a Ivan. A Ivan, a Strindberg, a Maupassant e incluso a mí mismo en esta habitación...

Lo único que podía salvarme de aquel estado era dormir. No obstante, me di cuenta de que se me habían terminado todos los somníferos. Me resultaba absolutamente imposible soportar el sufrimiento sin dormir. Pero hice de tripas corazón, pedí un café y decidí ponerme a escribir con todas mis fuerzas. Dos páginas, cinco páginas, siete páginas, diez páginas...

En un abrir y cerrar de ojos, el texto estaba terminado. Llené el universo de esta novela de animales sobrenaturales. Además, el retrato de una de las criaturas estaba basado en mí mismo. Pero la fatiga poco a poco empezó a nublarme el pensamiento. Finalmente, me alejé del escritorio y me tumbé bocarriba sobre la cama. Luego, parece ser que dormí unos cuarenta o cincuenta minutos. Entonces sentí que alguien me susurraba algo al oído. Me desperté inmediatamente y me puse de pie.

—*Le diable est mort.*

En el exterior de la ventana de toba había amanecido y hacía mucho frío. Me detuve ante la puerta y paseé la mirada por el interior de la habitación desierta. Entonces, el cristal de la ventana, empañado por la escarcha, mostraba un pequeño paisaje. Era un paisaje con un mar al otro lado de un pinar amarillento. Me acerqué a la ventana con el paso vacilante y descubrí que lo que había creado este paisaje eran en realidad las ramas, las hierbas muertas y el estanque del jardín. No obstante, mi ilusión óptica me trajo a la memoria algo parecido a la nostalgia por mi hogar.

En cuanto dieron las nueve, llamé al editor de cierta revista y, después de haber acordado el tema financiero, tomé la decisión de volver a casa. Acto seguido, me puse a guardar los libros y manuscritos en la cartera que estaba encima del escritorio.

6. Avión

Tomé el taxi desde una estación de la línea Tokaido hasta aquella residencia de veraneo. Por alguna razón, el conductor, a pesar del frío, llevaba puesto un impermeable. Esta coincidencia me inquietó y me esforcé por mirar a través de la ventanilla para no verlo. En algún momento, al otro lado de unos pinos más bien bajos...

Sí, por un antiguo sendero, vi pasar un cortejo fúnebre. Nadie llevaba faroles blancos ni de santuario. Pero delante y detrás del ataúd se mecían silenciosamente unas flores de loto artificiales plateadas y doradas...

Después de haber llegado por fin a casa, gracias a mi esposa e hijos y a los somníferos, pasé dos o tres días apacibles. Desde el piso de arriba podía entrever el mar por encima de la pineda. Me senté frente al escritorio y, mientras escuchaba el arrullo de las palomas, decidí trabajar solo por la mañana. Además de las palomas y los cuervos, los gorriones también se posaban en el corredor exterior. Era una agradable visión para mí. «Una urraca[23] entra en la sala»... Con la pluma en la mano, en ese momento recordé esas palabras.

Una tarde nublada y tibia fui a un bazar para comprar tinta. Pero allí solo tenían tinta de color sepia. La tinta de este color me desagradaba especialmente. No tuve

23 La urraca es símbolo de buena suerte.

más remedio que salir de la tienda y caminar sin rumbo fijo por una calle poco concurrida. Allí, desde el otro lado, pasó encogiéndose de hombros un extranjero de unos cuarenta años que parecía miope. Era un sueco que vivía en el barrio y que padecía de paranoia. Y se llamaba Strindberg. Cuando pasé por su lado, sentí que algo me afectaba físicamente.

La calle solo tenía unas dos o tres manzanas de extensión. Pero, al recorrerla, a mi lado pasó cuatro veces un perro medio negro. Cuando giraba por una callejuela recordé el *whisky* Black and White. Además, recordé que la corbata del Strindberg de antes era negra y blanca. No podía creer que se tratase de una simple coincidencia. Y en caso de que no fuera una casualidad...[24].

Sentí como si solamente mi cabeza estuviera caminando, así que me detuve un momento en la calle. Al borde del camino, tras una alambrada, habían tirado un cuenco de cristal con todos los colores del arco iris. De su parte inferior sobresalían unos adornos que parecían alas. Desde la copa de un pino habían bajado volando varios gorriones, pero, al llegar cerca del cuenco, todos y cada uno de los pajarillos huyeron despavoridos hacia el cielo como si estuviesen de común acuerdo...

Me fui a casa de la familia de mi esposa y me senté en la silla de mimbre que había en el jardín. Dentro de un recinto cercado con alambre situado en un rincón del

24 El blanco y el negro son en Japón colores asociados al duelo.

jardín, numerosas gallinas Leghorn blancas caminaban en silencio. También había un perro negro tumbado a mis pies. Impaciente por intentar resolver aquella incógnita sin respuesta, mal que bien y aparentando serenidad, charlaba con mi suegra y con el hermano menor de mi esposa.

—¡Qué tranquilidad se respira aquí!, ¿verdad?

—Sobre todo si lo comparamos con Tokio, ¿no?

—¿Acaso os llega aquí algún ruido?

—Esto también es parte del mundo, ¿sabes? —dijo mi suegra riendo.

Sin duda, esta residencia de verano también era parte del mundo. Durante el último año había llegado a conocer todos los pecados y tragedias de la zona: un médico que había intentado envenenar lentamente a un paciente, una señora mayor que incendió la casa del matrimonio adoptivo y un abogado que había tratado de robar los bienes a su hermana pequeña...

Los hogares de todas esas personas no diferían del infierno que yo siempre veía dentro de la vida.

—En este barrio vive un loco, ¿verdad?

—Te refieres al señor H., ¿no? Ese no está loco. Más bien, es un caso de retraso mental.

—Eso es lo que llaman demencia precoz, ¿no? Cada vez que me topo con ese hombre, siento escalofríos.

No sé por qué, pero la última vez que lo vi estaba arrodillado ante la estatua de Batōkanzeon[25].

—¿Cómo que te produce escalofríos?... Tienes que ser más fuerte.

—Tú eres más fuerte que yo, pero, por otra parte...

El hermano menor de mi mujer, que llevaba barba de varios días y que acababa de levantarse de la cama, participaba con su habitual indecisión en nuestras conversaciones.

—Pero también en la fortaleza hay debilidades...

—Bueno, bueno, eso sí que es un problema.

Miré a mi suegra, que había pronunciado estas palabras, y no pude evitar una sonrisa amarga. Entonces, mi cuñado, también sonriendo y mirando el pinar que había más allá de la cerca, continuó hablando como embelesado. (A veces me parecía como si el alma de este joven y convaleciente cuñado se hubiera escapado de su cuerpo).

—Es curioso, pero cuando pienso que pareces poco sociable, siento que en el fondo tienes deseos humanos muy fuertes...

—Si uno se cree una buena persona, es que también es una mala persona.

—No, más que hablar del bien o del mal, tiene que haber algo que exprese mejor la idea de los opuestos...

—A lo mejor es porque dentro de los adultos también hay un niño.

25 Advocación budista a la que se reza para que cure los males de origen maléfico.

—Tampoco es eso. No puedo expresarlo claramente, pero... quizás se parezca a los dos polos de un circuito eléctrico. De cualquier forma, se trata de dos cosas opuestas que coexisten, ¿no?

En ese momento, el fuerte estruendo de un motor nos sobresaltó a todos. Inconscientemente miré hacia el cielo y descubrí un avión que pasaba casi rozando las copas de los pinos. Tenía las alas pintadas de amarillo. Era un monoplano poco común. Las gallinas y el perro, sorprendidos por el ruido, escaparon en todas direcciones. Con el rabo entre las patas, el perro se puso a ladrar y se escondió bajo el porche de la casa.

—Ese avión, ¿no se caerá?

—No te preocupes... ¿Conoces la enfermedad del avión?

Mientras encendía un cigarrillo, me limité a negar con la cabeza.

—Las personas que viajan en ese tipo de aviones —me explicó mi cuñado—, como solamente respiran el aire de las alturas, poco a poco acaban por no poder tolerar el aire a nivel de tierra.

Después de dejar atrás la casa de mi suegra y mientras caminaba por el pinar de ramas inmóviles, me fui sumiendo poco a poco en un estado de melancolía. ¿Por qué ese avión pasaría por encima de mi cabeza y no por otro lugar? ¿Por qué aquel hotel solo vendía cigarrillos Airship[26]? Atormentado por estos misterios, elegía caminos donde no hubiese nadie.

El mar, más allá de una duna de escasa altura, se fundía con las nubes grisáceas. Sobre la duna destacaba un armazón de columpio, pero sin asiento ni cuerda. Al observarlo, inmediatamente recordé una horca. Había dos o tres cuervos posados sobre él. Los cuervos, aunque me veían, no hicieron ningún amago de echar a volar. Uno de los que estaban en el medio elevó su gran pico hacia el cielo y graznó cuatro veces[27].

Bordeando la duna de hierbas muertas, decidí ir por un sendero flanqueado de casas de campo. A la derecha de la senda, entre los altos pinos, supuestamente debía haber una casa blanca de madera de estilo occidental y con un piso. (Mi amigo la llamaba «el hogar de la primavera»). Sin embargo, al pasar por ahí, no quedaba más que una bañera sobre unos cimientos de hormigón. Un incendio... fue lo primero que me vino a la cabeza. Caminé evitando posar los ojos en las ruinas. Entonces, un hombre en bicicleta se acercó desde el otro lado. Llevaba una gorra de caza de color pardo, avanzaba con la mirada extrañamente fija y el cuerpo echado hacia el manillar. De pronto, en su cara me pareció reconocer las facciones de mi cuñado y, antes de que se cruzaran nuestras miradas, decidí tomar

26 *Airship* quiere decir en inglés «nave aérea».

27 El número cuatro puede leerse en japonés con la misma pronunciación que la palabra «muerte».

otro camino. Pero, en medio de este, tumbado bocarriba vi el cadáver putrefacto de un topo.

El que algo me estuviera esperando me hacía sentir más inseguro a cada paso que daba. Entonces, los engranajes semitransparentes, uno a uno, empezaron a nublarme la vista. Temiendo que finalmente el desenlace se estuviera aproximando, erguí el cuello y continué andando. A medida que el número de los engranajes aumentaba, todos, uno detrás de otro, se pusieron a girar. Al mismo tiempo, el pinar de la derecha, con las ramas separadas, empezó a verse como a través de un cristal minuciosamente tallado. Sentí cómo el pulso se me aceleraba y muchas veces estuve a punto de detenerme al lado del camino. Pero no me resultaba fácil detenerme. Era como si alguien me estuviera empujando por detrás...

Apenas habían pasado treinta minutos cuando subí al piso superior de mi casa, me tumbé bocarriba y, con los ojos permanentemente cerrados, aguanté un tremendo dolor de cabeza. Entonces, detrás de los párpados, empecé a ver un ala plegada con plumas plateadas que parecían escamas. En realidad, era algo que se proyectaba claramente en la retina. Abrí los ojos, miré hacia el techo y, después de comprobar que allí no había nada, decidí cerrarlos de nuevo. No obstante, tal y como me imaginaba, el ala plateada volvía a proyectarse perfectamente en la oscuridad. De repente recordé que también en la tapa del radiador del coche al que había subido el otro día había alas...

Me pareció que alguien había subido los peldaños de la escalera precipitadamente y que enseguida había bajado corriendo con un enorme estruendo. Supe que ese alguien había sido mi esposa, así que, sorprendido, me incorporé a toda prisa y asomé la cabeza por la sombría sala de estar, que estaba justo delante de la escalera. Mi esposa se había caído de bruces, reprimiendo un jadeo. Sus hombros temblaban incesantemente.

—¿Qué te ha pasado?

—Nada, no me ha pasado nada...

Cuando mi mujer por fin alzó la cabeza, hizo un esfuerzo tremendo por sonreír y continuar hablando:

—No me ha pasado nada, simplemente tuve la sensación de que estabas a punto de morir...

Esa fue la experiencia más terrible que había tenido en toda mi vida... Ya no tengo fuerzas para seguir escribiendo más. Vivir con este sentimiento es un dolor indescriptible. ¿Es que no hay nadie que me haga el favor de venir y estrangularme silenciosamente mientras duermo?